衛斯理系列 少年版 21

繼續探險

上

作者：衛斯理

文字整理：耿啟文

繪畫：鄺志德

衛斯理
親自演繹衛斯理

老少咸宜的新作

　　寫了幾十年的小說，從來沒想過讀者的年齡層，直到出版社提出可以有少年版，才猛然省起，讀者年齡不同，對文字的理解和接受能力，也有所不同，確然可以將少年作特定對象而寫作。然本人年邁力衰，且不是所長，就由出版社籌劃。經蘇惠良老總精心處理，少年版面世。讀畢，大是嘆服，豈止少年，直頭老少咸宜，舊文新生，妙不可言，樂為之序。

倪匡　2018.10.11　香港

主要登場角色

白素

陳水

白老大

衛斯理

大麻子

紅綾

鐵頭娘子

第二十一章

白素的驚人建議

關於白素母親的秘密，由於白老大堅決不肯說，我們要「探秘」，只能透過不斷追索往事的片段，一點一點拼湊起來，讓真相慢慢顯露。

經過了許多日子的探索，各方面所得資料的匯集，我們正一層一層地把謎團揭開。而《探險》故事一開始提及的女野人紅綾，竟是故事中一個意想不到的重要關鍵人物。

還記得白素從苗疆回來，並帶來了記錄紅綾在苗疆藍家峒生活的近三千條影片嗎？我以保安員 **監察** 👁 閉路電視的方法，同時看四個畫面，快速觀看影片。

我好不容易花了超過半個月的時間，終於把所有影片 **一口** **氣** 看完。在這段期間，白素有時和我一起看，有時不在，由於我看得出神，也沒有問她去幹什麼，她也沒有向我提起。

溫寶裕他們，有時也來和我一起，看得嘖嘖稱奇之餘，自然也有不少討論。

總括來説，紅綾在完全 *脫離* 了「野人」的外形之後，她野人的本質也迅速而劇烈地改變。

首先，她學習 **正常人** 生活的速度極快，尤其在語言方面更是驚人，只要聽上一兩遍，馬上就能記住，並且正確地運用。

這證明她有過人的領悟力和記憶力，也就是說，她的智商極**高**。

除了白素教她講話之外，她又很快地在苗人那裏學會了「布努」，那時她已經完全和苗女生活在一起，根本看不出她曾是一個女野人，而苗人也對她毫無顧忌。

白素和十二天官還教她**武功**，這一點更是完全符合紅綾的天分，她力大無窮，縱躍如飛，進度之快令人難以置信。再困難的動作，對她來說，比拿筷子夾食物還容易——的確，拿筷子她反而學了相當久，焦躁起來，大力一**捏**，就捏斷了不知多少對粗大的竹筷子。

白素也灌輸她別的知識，向她講述外面的世界，弄了一套小學的**教科書**來，教她寫字。

紅綾認字的本領很快，可是學寫字卻很**笨拙**，而且對寫字十分抗拒。

白素耐心地教她、哄她、勸她，有時也不免**嚇**她，可是收效甚微。

白素對紅綾的智力估計得極高，教她寫漢字的同時，竟然還教她英文，說希望「打好她的英文基礎」云云。

我忍不住對白素說：「她就算不是女野人，也是一個**苗女**，我不認為苗女有必要懂英文。」

白素卻很堅持己見，「我不認為她是苗女——我的意思是，她不會在苗疆中過一輩子，以她的**聰明才智**，絕不會。」

我不敢反駁，因為我早已隱隱感覺到，白素對紅綾的事十分緊張，她要把紅綾帶出苗疆，融入外面世界的意圖十分**明顯**。

其中有一段影片，鏡頭固定起來，拍攝白素教紅綾寫一個「貓」字，那時紅綾只顧和一群猴子玩成一團。

我絕不懷疑紅綾懂得猴子的語言，她甚至可以和猴子心靈相通，看她和猴子一起玩的情形，她自己根本就像是一隻大猴子。

而奇怪的是，和她一起嬉戲的猴子，至少有三四個不同的種類，有長臂猿，有金絲猴，還有一種身形很大，頭上有一圈棕黑色長毛，也叫不出是什麼名稱的猿猴。

猿猴具有「種族主義」，不同種的猿猴不會走在一起，但見這幾種猿猴居然同時與紅綾玩作一團，實在使我詫異。

據苗人説，紅綾應該是由一種「靈猴」養大的，靈猴是一切猿猴之王，難道紅綾也有着可以號令天下猿猴的本領？

白素向紅綾攤開了一本書，上面有幾隻貓，還有一個「貓」字。

紅綾看了一眼，就大聲念出來：「貓。」

接着，她又用「布努」和英語念了一遍。這時白素取出了硬紙板和筆，紅綾馬上皺起了眉，抿着嘴，一副不願意的樣子。

白素循循善誘：「來，寫這個貓字，照着寫。」

「我不寫。」紅綾鬧彆扭。

白素十分有耐心，「我昨天教過你寫這個貓字，你忘記了？」

「我記得，不必你教。我看到什麼字，認得它，就會寫。可是寫字**太無聊**了，我不想寫。」

白素笑了起來，「你不會寫字，人家怎麼知道你想表達什麼？」

「我會**說**啊。」紅綾十分理直氣壯，「而且我又認得字，又聽得懂，和別人溝通完全沒有問題，幹嗎還要寫字那麼**麻煩**？」

紅綾這時不但學會了說話，而且伶牙俐齒得叫人吃驚。

看到這裏，我不禁哈哈大笑起來，「看來，你**找不出**理由要她學寫字。」

白素卻很神氣，「那又未必，有一招很**管用**的。」

　　我很好奇她用了什麼殺手鐧，便繼續看下去，影片中白素最後大聲說：「呵呵，*你根本不會寫。*」

　　原來是激將法，此話一出，紅綾就大叫：「誰說我不會？」

　　她立刻伸手抓起紙和筆，雖然執筆*姿勢*有待改進，筆劃順序也不正確，但確確實實在紙上迅速寫出了一個「貓」字來。

白素十分高興，得寸進尺，「來，再多寫幾個。」

紅綾隨即搖頭，「不寫了，書上的字我全會寫。學**打拳**吧，我學會了教牠們，讓牠們也會打。」

看到這裏，我不禁**讚歎**：「這女孩子有過人的記憶力，也很聰明。」

白素點了點頭，「許多字，只要是她認識的，她都可以隨心所欲，用她自己的方法寫出來，可是她最不願意寫字。」

「那就別勉強她，她又不是不識字，也不是不會寫，只是**不願寫**，不算什麼。」

白素立時瞪了我一眼，「你真會**縱容**孩子。」

我笑道：「別忘記，半年之前她是什麼樣子，半年之中有這樣的進步，已經是**奇蹟**了。」

「還是不夠的，她要追回以前的進度。」白素頓了一

頓説：「要不要把她帶到 **城市** 來？見識一多，進步自然神速。」

我大吃一驚，「你是開玩笑的吧？」

白素沒有回答，只是望着我，用 **眼神**  告訴我，她是認真的。

我亦同樣用眼神去勸她三思。

我和她這樣 **對望** 了近一分鐘之久，白素現出了欲言又止的神情，好像有什麼事想對我説，卻又難以啟齒。

我心裏大感訝異，到底是什麼事，會令白素竟然不能 *坦率* 告訴我？

第二十二章

團長帶來一位朋友

我不太贊成白素把紅綾弄到文明社會來，雖然在影片上看到，白素那五個月對紅綾的訓練，已使紅綾有了**徹頭徹尾**的改變。

但她畢竟從未在城市中生活過，適應會相當困難，從她堅決不肯寫字，而且認為寫字沒有用處這一點上，可以看出她自有一套**想法**。使她改變習慣，認識文明，這還比較容易；可是要改變她的觀念，就困難得多了。

譬如説，來到城市，可以很容易教會她 的信號和規則，但她願不願意遵守，卻又是另外一回事了。

她會認為別人需要遵守交通燈的指示，她自己卻不必，因為她有縱躍如飛的本領，能在車水馬龍之中行動自如。那麼不難想像，她一過馬路，就會 天下大亂 了。

這只不過是其中一個例子而已。我認為把紅綾交託給十二天官是最好的辦法，而白素對紅綾的照顧也已經仁至義盡了。

約有一分鐘，我和白素都沒有出聲，白素首先 **打破**

沉寂 説：「我還要到苗疆去。」

她顯出十分堅決、絕不動搖的神情。我嘆了一聲：「你

和白老大真的十分　**相像**。」

白老大要任意而為時，也會有這種

都不動搖 的神情，而且，我也想藉旁敲側擊的辦

法，弄明白為什麼白素居然會有話不能痛快地對我説。

我接着道：「我記得有一次，白老大在病房中望着我

們，露出了欲言又止的神情，你記得嗎？」

白素低下頭去，深深吸了一口氣，我那是明知故問，

她自然不會忘記。

幾年前，白老大由於被驗出腦部有一個十分細小的

瘤，需要接受手術治療，而治療過程有相當高的危險性，

幾個專家都表示，手術成功的機會只有一半。

在那種情形下，白老大也會鬧情緒，在病房裏**斥責**醫生，呼喝護士，甚至任意喝酒，吵鬧得像一個頑劣無比的*兒童*，使我和白素十分頭痛。

有一天早上，我們去看他，推開門，看到他半躺在牀上，拿着手機，神情十分嚴肅，有一種深沉的**痛苦**。他對着手機，看來好像想錄音，卻又現出了一副**欲言又止**的神情。

「爹，你想幹什麼？」白素首先叫了起來。

白老大震動了一下，抬起頭來，神情苦澀，聲音也是乾枯的：「我……想留下些**遺言**，竟然不知道……從何說起才好。」

「爹！好好的留什麼遺言？」白素有點激動，一手將白老大的手機沒收了，然後坐在牀邊，抱住了父親，**嗚咽**地說：「爹，只要你肯聽醫生的話，就一定會好起來，健康如昔，什麼事也沒有。」

白老大十分感動，後來手術 **成功**，白老大身體壯健，自然再也沒有提起「遺言」兩字。

而當時，我和白素一聽到白老大提起遺言，就知道是怎麼一回事，因為白老大曾對白素兄妹說過，臨死之前會把那個關於他們母親的 **秘密** 告訴他們。

雖然白素很想知道這個秘密，但她還是把手機奪了過來，事後她對我說：「爹年紀大了，忽然有了病，求生的意志十分重要。若是他真的留下了什麼遺言，自忖死亡會 *來臨*，求生意志就會崩潰，對他的健康很不利。」

我點頭認同她，並安慰道：「那秘密，憑我們的 **努力**，一定可以查出來的。」

我作這番豪語時，顯得很有信心。但事實上，要探索一個 **昔日的秘密**，每過一天，困難就增加一分。因為隨着時光流逝，知道當年事實真相的人，會愈來愈少，等到這些人全都不在 **人世**，那事情的真相就永遠沒有人知道了。

所以，在接下來的日子裏，我和白素都相當積極地探索秘密，我們把所收集到的資料整理了一下，發現一個極奇怪的 **現象**：不論白素兄妹的母親是誰，一直到白素出

生的那年正月，也就是白老大救了那個團長的時候，白老大夫妻生活、家庭生活還是十分快樂和融洽的；因為在團長的轉述中，提到白老大對兩歲不到的白奇偉説「媽媽會 惦記 我們」，證明那是一個幸福快樂的家庭。

可是何以到了白素出世後，白老大離開苗疆，遇上了殷大德時，就彷彿全世界的愁苦，都 集中 在白老大一個人身上？

在那半年間，到底發生了什麼特別的事？會不會跟團長所憶述，當時白老大口中提及的飛機失事和兩名 倖存者 有關？

我們拜訪過那位團長之後不久，有一天，他突然帶了一個朋友來見我們，那人又高又瘦，骨骼卻十分大，有着一雙 薄扇 似的大手。只見他滿面風霜，頭頂中禿，只餘一圈白髮，顯然年事已老，但難得身板筆挺，猶如一株仍然

挺立的**枯樹**。

團長一見到我，就十分熟絡地向我打招呼，大聲道：「衛哥兒，介紹一個人給你，他有**陳大帥**的事要告訴你。」

我愣了一愣，恍然大悟，這大漢身子筆挺，顯然是**軍人**出身的緣故。我很有興趣知道關於陳將軍的事，便邀請兩人入屋詳談。

那大漢介紹自己叫陳水，和陳將軍是同一條村的人。

「閣下在陳將軍麾下擔任的職務，一定十分重要了？」我客氣地問。

這時候，我們已經在客廳坐下來。陳水聽到我這樣說，神情變得十分**苦澀**，雙手互握着，長嘆了一聲。

那團長則說：「他是大帥的警衛隊長，也是大帥的**貼身侍衛**，你別看他現在瘦，當年他身形如鐵

塔，力大無窮，槍法如神，能把兩隻相鬥的大牯牛硬拉開來，也曾一拳打死三個**土匪**⋯⋯」

團長愈説愈誇張，還打算繼續説下去，但是陳水一揚手，止住了團長，聲音嘶啞道：「好漢不提當年勇，説這些幹什麼？」

團長笑道：「那你就説説那一年**正月初一**的事，衛哥兒有興趣聽。」

第二十三章

深藏不露的高人

「那一年正月初一」，自然就是陳天豪將軍遭部下叛變而 **遇害** 的那天，我的確對當天發生的事感興趣，因為陳天豪大女兒很可能就是白素的母親。

而算起來，他的二女兒，也就是後來的韓夫人，那時只有七八歲，她是如何在那樣險惡的環境之中 **脫身** 的呢？

我立刻拿出幾瓶極好的瀘州老窖大麴，並吩咐老蔡弄一些適合**下酒的菜**，讓兩位客人可以邊吃邊聊，暢所欲言。

酒精很快就發揮作用，他們兩人臉泛 **紅光**，暢談着當年的軍旅往事，卻好像忘記了我所關心的事情，看來

他們也有很久沒有相聚了。

正當我想打斷他們的話頭之際，陳水忽然說：「團長，你還*記得*我那副隊長？」

團長立時怔住，舉到一半的酒杯停在嘴邊，可知陳水提到的那個副隊長，一定是個非同小可的人物。

團長怔了一怔後，還是一口喝了杯中的酒，**豪邁**地說：「怎會不記得，這邊花兒，真是個怪人。」

我知道「邊花兒」是土話，是指瞎了一隻眼睛的人，一般稱之為「獨眼龍」。

陳水接着說：「憑他那副長相，聽說他竟然對大小姐有意思，那才真正是**美女與野獸**，哈哈。」

陳水笑得前仰後合，團長也笑道：「也難怪他，大小姐如此花容月貌，誰見了能不動心？不過也得看身分，那邊花兒想得 **太入神** 了，才會每次酒後，都叫大小姐的名字，聽說，有一次大小姐把他叫了來，當面問他來着。」

陳大小姐正是我要查探的目標，一聽到兩人提起她，我立刻趁機問：「大小姐的 **閨名** 是什麼？」

他們齊聲脫口就說：「月蘭，陳月蘭。」

月蘭是一個很普通的名字，但從團長和陳水的神態，能看出他們對大小姐的印象極深，只怕當年把大小姐的倩影長存心底的，不止那個邊花兒一人。

團長和陳水，在叫出了大小姐的閨名之後，看到我盯着他們看，有點不好意思，團長説：「大小姐不但人長得美，而且念的是洋書，進的是洋學堂，人一點架子也沒有，很喜歡和我們談天説地，是女中豪傑。」

我一邊聽他們描述大小姐的事迹，一邊在想，人的性格真是決定了命運。大小姐若不是天生性格不羈，就不會違抗父命，逃婚出走，那當然也不會在苗疆遇見白老大了。

聽他們提起大小姐的點點往事，我對這個美麗、豪爽、任性、不羈的女中豪傑已留下了極深刻的印象。

陳水嚥下了一口酒，「奇怪，大小姐並沒有罵邊花兒，只是對他十分恭敬，低聲說了幾句，邊花兒就**紅着臉**走開了。邊花兒跟着大帥很久了，照理說是看着大小姐長大的，就像我看着二小姐長大一樣，不應該會那樣，再說，憑他那長相，怎麼不**撒泡尿**照照自己？」

團長接着問：「這邊花兒究竟是什麼來歷？人長得像**猴子**一樣，又少了一隻眼睛，偏偏大帥那麼相信他，要他寸步不離地保護，他有什麼能耐？」

陳水沉吟了一會：「我也不知道他有什麼本事——當年，我有什麼本領，你是知道的？」

「當然知道，全軍上下，誰不知道？要不然，也當不了大帥的**保衛隊長**。」

陳水吸了一口氣，「我和大帥同村，算起輩分來，大帥長我三輩，對我恩重如山，可是直到現在，我還因為他

曾説過的一句話，心中有 疙瘩 。」

「什麼話？」團長像是吃了一驚。

陳水喝一口酒説：「有一次，大帥興致很高，那時二小姐只有三、四歲，紮着小辮十分 **可愛**。大帥突然

把二小姐高舉起來，對客人説：『我兩個女兒，還是小的可親可愛，就像我兩個保衛隊長，小的比大的有 **能 耐** 一樣。』我一聽這話，忍不住叫了一聲：『大帥，**我不服**。』大帥瞟了我一眼，直指着我説：『別看體型你一個頂他七八個，真要是動起手來，你一定不是他的對手。』」

陳水那時血氣方剛，怎忍得下這口氣？據他說，邊花兒好像沒有名字，雖然官拜少校副隊長，可是自上至下都叫他邊花兒。而且他的編制雖然是在保衛隊，但事實上他從來不歸隊，只是寸步不離地跟着大帥，是大帥名副其實的貼身侍衛。

外型上，邊花兒身高不滿五尺，又黑又乾，像猴子多過像人，又瞎了一隻眼睛，沒瞎的那隻，也是白多黑少，怪異莫名。

聽了大帥那樣說，陳水自然不服，雙手握緊了拳頭，在場有幾個大人物都推波助瀾說：「就讓他們比一比。」

看大帥的情形，也有意讓陳水和邊花兒動手比試一下，於是向邊花兒望去，怎料邊花兒來到大帥身前，單膝跪下，說了一句只有大帥一個人才聽得懂的話。

大帥一聽，便擺手道：「你不願動手就算了，當我沒說過。」

邊花兒微微**鞠躬**，又站回大帥的身後。

其中一個大人物聽到邊花兒剛才說的話，驚訝地問：「副隊長是**傻傻人**？」

邊花兒沒有直接回答，大帥回應道：「誰知道他是什麼人，倒有點像傻傻。」

陳將軍的話，令在場的人**面面相覷**，驚訝不已。因為貼身侍衛的職責何等重要，來歷不明的人怎能信任。

只見陳水妒意極濃，沉不住氣，一雙拳頭握得「**格格**」作響，大膽地說：「請大帥下令，我非得和副隊長比一比！」

但陳將軍眉頭一皺，有點**惱怒**，「你怎麼沒完沒了，説不比，就不比了。你若是找邊花兒的麻煩，我就趕你出部隊，回鄉下**耕田**去。」

聽到陳將軍這樣説，陳水更是覺得委屈無比，只得忍氣吞聲。

我一邊聽着他們描述邊花兒的事，一邊聯想到殷大德這個銀行家，也有一個類似的貼身侍衛是保保人，身手極好，與邊花兒頗有共通之處，不知兩者之間是不是有**關聯**？

當時我只是想了一想，並沒有十分在意，畢竟兩個武功高強的保保人，也不一定有關聯。

反而最令我**心動**的是，邊花兒是一個武功絕頂的高手，他長年在大帥府中，自然與大小姐接觸的機會極

多，如果邊花兒曾傳授她**武功**，那麼我先前的推測就可以成立了。我曾設想過，大小姐本人身懷絕技，在江邊恰好救了身負重傷的白老大，悉心醫治期間，互生**情愫**。這種通俗小說常見的情節，白素最初還只當我開玩笑，如今看來，卻是大有可能。

於是我循着這個方向問：「難道就沒有人知道那個邊花兒的**來歷**？」

陳水説：「我多方面打聽，才知道他跟了大帥很久，曾立過三樁大功。第一件，大帥還是師長的時候，有一次差點被敵人俘虜，全靠邊花兒來營救，別看他個子小，背起了大帥**殺出重圍**，跳躍如飛，説他身影比槍炮還快，成功救出了大帥。」

團長瞪大了眼睛，「這功勞可大了。」

陳水接着説：「第二件，是他奉大帥之命，深入敵陣，*行刺*了敵軍的頭號將領。」

我和團長都默然不語，等待着陳水繼續説下去。

陳水説：「第三椿大功，就是在**狼口**中救了大小姐。」

第二十四章

　　陳水說邊花兒曾在狼口中救出大小姐，我吃驚地問：
「這只怕是 **誇大** 了吧？大小姐在帥府養尊處優，怎會
叫狼叼了去？」

　　陳水述說：「大小姐自小好動，那年我還沒有進城，
是聽人家說的，大小姐那時八歲，常常只帶幾個人入山遊
玩，有一次就叫狼 **叼** 了去，急得大帥直跳腳，邊花兒一
聲不出，就進了深山，不但把大小姐安然帶了回來，還帶
回了七條死狼——全是給他 **打死** 的。」

我不禁搖着頭，「不可能，大小姐叫狼叼走，到邊花兒出馬去救，其間隔了多久？就算有十個大小姐，也會給狼群吃得連骨都不剩。」

陳水一掌拍在自己的大腿上，「啊。當時我也這樣問，但告訴我這件事的人，説事情就是這樣。後來我趁一次機會問大帥，大帥説：『是啊，邊花兒救過我，也救過月蘭，那一遭，月蘭滿山亂走，叫狼叼了去。幸好邊花兒知道月蘭野得很，所以從她小時候，就教了她不少防身的法門。陳水，你別不服氣，邊花兒法門多得很，熊羆虎豹，他都有本事把牠們當小貓兒耍，他可是個能人。』大帥不會亂説，我也只好相信了。」

我聽了這話，更是興奮，因為進一步證實了我的猜想：大小姐在帥府之中，自小就得過異人傳授絕技。

那時白素不在，所以只是我一個人高興。

只見陳水忽然慨嘆道：「不過，大帥真是**相信**他，在最危急的關頭，把二小姐交給了他，要他保二小姐安全**脫險**。」

我立時追問：「你是說那年正月初一的事？」

我說這句話的時候，不期然望向了團長，因為當年的叛變他也參與其中，照理說他和陳水應是**敵人**。但如今兩人仍能聚在一起，或許真如團長所說，叛變是師長旅長的事，他這個小小的角色，也是身不由己，根本沒參與多少，

所以一看到那箱金幣就做了**逃兵**，可能甚至沒傷害過一個人。而且，事情已經過去了那麼久，時移事遷，陳水也不跟他計較了。

只見陳水長嘆了一聲，十分自責地說：「真是**時也命也**，當時如果我和大帥在一起，憑我這大個子，擋也替大帥擋了那三槍。」

我有點聽不明白，團長隨即向我講解：「當日，三個**神槍手**打衝

鋒，一衝進去，見了大帥就開槍，邊花兒行動極快，擋在大帥身前，居然接了兩槍，可是他身形太**矮小**，三槍之中，有一槍還是打中了大帥的胸口。

我聽得驚心動魄，卻又有疑問：「只開了三槍嗎？三槍之後呢？」按理那些神槍手會不停開槍，大帥府的人都**難逃一死**。

這時陳水吞了一口口水，接上去說：「那三個人的額上，都被一柄**小飛刀**釘了進去，立時氣絕，哪裏還能再放第二槍？邊花兒明明中了兩槍，但不知中在何處，仍能

抱着二小姐，扶着大帥，進了**內書房** 📖 ，而這時我也……趕到了。」

我向他望去，他作為保衛隊長，等到大帥中了槍之後才趕到，自然是**失職**了，事發之際他到底在哪裏？

陳水又長嘆一聲，「真是造化弄人，大年三十晚上，我一個人吃了一副冰糖肘子，吃得拉了肚子，正蹲在茅廁，聽到聲響還以為是**放炮仗**，直到辨出是槍聲，才急忙趕過去，但大帥已經中槍了。」

這是 **黑色喜劇** 裏才會發生的情節，我聽了之後不禁想笑，可是又笑不出來，因為這同時也是一個大悲劇。

我們沉默了一會，陳水才繼續説：「那時，敵人如**潮水**一樣湧進來，見人就殺，我手下十來個人，死命頂着，我來到大帥身邊，他胸口那一槍正中要害，已奄奄一息，我見他緊握着邊花兒的手，顫聲道：『你保月梅……

逃生，**去找她姐姐**⋯⋯月蘭幸虧不在⋯⋯快走。』邊花兒還想帶着大帥一起走，但大帥一聲長笑就**斷氣**了。」

陳水説到這裏，停了下來，默默喝酒。

團長接着説：「大帥託邊花兒保二小姐逃生，倒沒有託錯人，二小姐畢竟逃了出去。」

陳水點頭，「是，但不知道她們姐妹是否曾👁**相會**？」

「據我所知，二小姐後來嫁了一個姓韓的袍哥大爺，是什麼三堂主，生活很不錯，只是那位堂主也死得早。我曾👁**見**過二小姐一次，她帶了一個姓何的助手，來請我到苗疆去找她的姐姐。」我對二小姐的所知，也僅此而已，連那個「姓韓的 **三堂主** 」究竟是什麼角色，也查不出來。

陳水聽了我的話後，不無感嘆，「她們姐妹，終究**沒見到面**。」

陳水和團長又說了不少話，當年發生在偏遠地區的許多事，聽來頗有些匪夷所思，但與我想探尋的秘密無關，就不作記述了。

他們告辭之後，我仍然獨自一人在**沉思**，直到白素回

來，我立刻把剛才所知的一切，全部轉述給她聽。

等我講完了之後，她靈光一閃道：「那異人**一定**是俁俣人。」

我揚了揚眉，她繼續說：「如果大小姐的師父是俁俣人，她自然對俁俣人有一定的認識和**好感**，甚至可能從師父身上學會了流利的俁俣語。這樣的話，大小姐和爹住進了俁俣人烈火女所住的山洞，就有合理的解釋了。」

白素這個分析十分有理，我不住點頭認同。而她很快就聯絡上正在印尼參與一項大型水利工程的白奇偉。

白奇偉聽了之後，立即說：「我要去見一見殷大德，他那個貼身保鏢就是俁俣人，而且身手之高難以形容，或許會知道那邊花兒的**來龍去脈**。」

白奇偉身在印尼，剛好離殷大德那家銀行的大本營不遠，他馬上去找殷大德，而且兩天之後，竟突然出現在我

們家門前。

他一進門，看他那副 **興奮** 的神情，我們便知道他一定大有所獲。

我和白素迫不及待想知道結果，便異口同聲問：「怎麼樣？先說結果，其他再細談。」

怎料白奇偉竟搖着頭說：「**沒有結果**。」

我和白素都大失所望，但他接着又笑道：「不過，我得到了不少資料，只是如何得出結論，還要大家商量。」

　　我和白素看到了一絲希望，便向白奇偉做了一個「請
說」的手勢。

第二十五章

獨目天王的再傳弟子

白奇偉把自己與殷大德會面的過程告訴我們，一如以往，殷大德十分熱情招待，但這次不是在辦公室，而是到訪他的**巨宅**🏠。

白奇偉對他說：「殷先生，我這次登門拜訪，其實是想見見你那位 ✦**傑傑人保鏢**✦。」

殷大德呆了一呆，「白先生，上次他如果得罪了你，請你大人有大量，不要計較。」

白奇偉立時哈哈大笑起來，「你誤會了，我不是來尋仇的，而是真有事情要向他**請教**。但我不懂倮倮語，未知你能否替我傳譯？」

殷大德連忙點頭道：「當然可以，倮倮語我是**精通**的。」

殷大德帶白奇偉到華麗的大廳中坐下，命傭人把那倮倮人保鏢召來，白奇偉一見到那個倮倮人，打了一聲招呼就急不及待地提出問題。

白奇偉一面問，還一面做手勢，指着眼睛，又站起來，掄拳撩腳。殷大德就替他傳譯。

白奇偉才說了一半，那倮倮人就**大叫**起來，叫的話白奇偉自然聽不懂，只見殷大德現出十分訝異的神情，望向白奇偉說：「你問的那人，十分有名，確實是他們倮倮人，有個很威武的名字，叫『**獨目天王**』。」

　　白奇偉一下子就有了收穫，十分高興，馬上問：「可否叫他將這位獨目天王的一切資料都告訴我？」

　　白奇偉的要求，經殷大德傳譯後，那倮倮人的回答令白奇偉有點**失望**，殷大德傳譯道：「據他說，這獨目天王是他們倮倮族中的異人，自小不和人生活，是和**野獸**一起生活的，行蹤不定，出沒無常，遇上族人有什麼危難，需要幫助時，他才會出現來幫人。」

　　那倮倮人神情**肅穆**，又說了一番話，殷大德的轉述是：「聽說獨目天王早就離開了苗疆，說是到漢人那裏當兵去了，再也沒有在苗疆出現過。」

　　白奇偉皺着眉，指着那倮倮人問：「你這一身武功是從哪裏學來？難道不是獨目天王教你的？」

　　殷大德把白奇偉的問題翻譯了，那保保人的臉上現出了**為難之極**的神情來，雙手抱住了頭，不斷地搖動着身子，姿態怪異莫名。

殷大德連連追問，那傈傈人忽然極急地爆出了 **一連串的話** 來，白奇偉雖然聽不懂，但也知道他是不肯説出自己武功的來歷。

白奇偉堅持要他説，只見殷大德苦笑着解釋：「他説他曾在 烈火 前發誓，絕不能告訴任何人他一身本領是怎麼來的，不然，身子會被烈火燒成飛灰。這是他們傈傈人的信仰，他們心中的神，就叫 烈火女。」

「給他好處行不行？」白奇偉試探道。

殷大德無奈地嘆了一聲，「他剛才説了，要是再在這個問題上逼他，他情願 **立刻離開**。」

我們都知道，以那傈傈人的本領，如果決心要走，誰也難留得住他。

白奇偉敘述到這裏，望向我和白素，問：「你們知道我為什麼想弄明白這傈傈人的武功來歷嗎？」

我和白素沉思着，白奇偉繼續說：「一開始，考慮到這傢伙人身手之高，與那獨目天王 **如 出 一 轍**，我就料想他可能是獨目天王的弟子。可是後來知道獨目天王離開苗疆後，就沒有回來過，若再結合年齡上的推斷，那麼，這傢伙人的武功來歷，很可能就是——」

他說到這裏，我和白素已忍不住一起叫了起來：「他是獨目天王的**再傳弟子**！」

白奇偉強忍着內心的激動，點了點頭，「正是，他很可能是獨目天王的再傳弟子。」

當然，即使他真的是獨目天王的再傳弟子，也可以有很多不同的可能性。但從我們已知的資料來看，這個獨目天王不似會隨便授人武功，我們唯一知道得他 **真 傳** 的人就是陳大小姐，而陳大小姐恰好又進入了苗疆地區生活，那麼我們不約而同得出了一個結論：「這傢伙人的一

身武功，可能是從**陳大小姐**那裏學來的！」

這是一個重大的發現，因為如果這個傈傈人的武功是從陳大小姐那裏學來的，那絕不可能是陳大小姐和白老大在苗疆一起生活那段日子所發生的事，必然是在白老大帶了白素兄妹**離開**之後才發生。那就證明，至少在白老大離開之後的若干年，陳大小姐仍然生活在苗疆，並沒有死。

當然，這只是我們的猜想，不過，白奇偉表示，他當時曾用旁敲側擊的方法印證過。他叫殷大德對那傈傈人說：「你的武功來自一個**女人**，所以你不好意思說。」

那傈傈人一聽到這句話，整個人直跳了起來，盯着白奇偉，神情如見鬼怪，口中喃喃自語，殷大德向白奇偉講解：「他在求烈火神的**寬恕**，他堅稱自己什麼話都沒有說過，全是你**猜**的。」

　　白奇偉發現這方法有效，便繼續透過殷大德問他：「那女人傳授你**武藝**，是在陽光土司離開苗疆之後的事？」

　　那倮倮人顯得**不知所措**，他不能回答，卻又不知道該如何反應。

　　白奇偉巧妙地轉變了一下問題，問道：「那時你幾歲，住什麼地方？我問的是你自己的事，你可以**回答**。」

　　那倮倮人便說：「那年我十歲，住在——」

　　他說出一個地名，殷大德也翻譯了，白奇偉記住了這個名字，又追問了一句「你離開家鄉很久了，要回去的話，是不是認得路？」

那倮倮人想了一想才**點頭**。

白奇偉趁機回到前面的問題：「那時陽光土司離開了苗疆多久？」

他想了一會，伸出四隻手指來。

「四個月？」白奇偉皺着眉問。

那倮倮人搖搖頭。

「**四年？**」

他點點頭。

然後白奇偉又問：「那女人很美麗？是**漢人**？」

那倮倮人不由自主地連點了兩下頭。白奇偉禁不住閉上眼睛一會，力圖鎮定心神，才再問：「你師父的名字叫陳月蘭。」

　　殷大德把此話傳了過去，那倮倮人卻現出了一副**惘然**的神情，顯然他對「陳月蘭」這個名字聞所未聞。

　　接着白奇偉又問：「你拜師習武的地方，離烈火女的山洞很**近**？」

　　那倮倮人大搖其頭，說了幾句話，殷大德傳譯道：「他說很遠，離烈火女住的山洞，要翻過好**幾座山**。」

白奇偉心中十分疑惑，轉過來問殷大德：「他剛才所說的那個地名，你知道在哪裏？」

殷大德答道：「約略知道一點。是一個苗寨，眾多苗寨中的一個。五年之前，我就是聽從那裏來的人說起，苗寨之中有一個會武功的 **能人**，這才千方百計，派人去把他找來，倒是和他一見就 **投緣**，他也很喜歡跟着我，別看他身形細小如猴，本領可夠大的。」

白奇偉當時也想到，陳大小姐在眾多的傈傈人之中，選了他來授藝，多半就是因為他身形瘦小如 **猴**，跟授她武藝的獨目天王十分相似。

白奇偉又繼續提問：「你來跟殷先生的時候，你的師父在什麼地方？」

　　那傈傈人正想回答時，卻忽然緊抿着嘴，大力搖頭，似乎終於發覺自己透露得太多了。

　　白奇偉只好又用 **狡猾** 的方法套問，裝出一臉不在乎的神情說：「其實不問也知，你師父一定是住在你家附近，普通人生活的地方，根本沒什麼特別。」

　　那傈傈人聽了之後，果然着急起來，說了一連串話，似是為其師父辯護，經殷大德翻譯，那傈傈人說的是：「我師父是天上的 **仙人**，不是凡人！她每次出現，都有大群猿猴替她抬兜子，多陡的峭壁也能翻上去。那種猿猴，我們當地的傈傈人和苗人，都稱牠們為 *靈猴*，力大無窮，跳躍如飛，向來在深山野嶺、人迹不到之處居住，尋常人想見一眼都難，見了也當作神明一樣。但我師父竟然能令靈猴聽話，她不是天上的神仙是什麼？」

　　白奇偉心裏暗喜，又成功從那傑傑人口中套出一些資料來了。他決定繼續問下去，轉彎抹角，旁敲側擊，心想傑傑人 **頭腦簡單**，或許可以再套出更多資料。可是那傑傑人亦汲取了教訓，不論白奇偉問什麼，他都一律 **搖頭**，不再中計。

　　不過，白奇偉這次獲得的資料已相當寶貴了。

第二十六章

一個大麻子

聽完白奇偉的敘述，白素不禁長嘆一聲：「照說，爹和陳大小姐應該是 **天造地設** 的一對神仙眷屬，究竟發生了什麼事，才會變成現在這樣子呢？」

那時候雖然還未能肯定他們兄妹倆的母親就是陳大小姐，但結合各方面得來的資料顯示，這個假設的可能性極**高**。

我猜測道：「他們兩人都身負絕頂武功，會不會在談武論藝之際，一言不合，拌起嘴來，然後演變得不可收拾呢？」

「先是口角，繼而**動武**，各不相讓，愈打愈烈，終於反目成仇？」白奇偉不禁冷笑了一聲，「這算是什麼**武俠小説**裏濫用了的情節。」

他們老是用這個觀點來否定我，我有點不忿，於是爭辯：「在大帥府之中，有能人向大小姐授藝，也和小説的情節相吻合。」

白奇偉望着我和白素，質疑道：「你們兩人還不是各懷絕技，你們也會因為各自炫耀武功而打起來嗎？」

我一時間答不上話，便向白素打了一個**眼色**，示意我們在白奇偉面前虛打一場，讓我好下台。但白素瞪了我一眼，是叫我不要那麼幼稚。

我只好嘆了一聲，看來我這個假設不容易成立。

這時白奇偉又説：「我走的時候，拜託殷大德盡量替

我準備那保保人**出生**地方的資料，不管怎樣，我要去走一趟。」

我和白素都同意：「如果陳大小姐五年之前曾在那一帶出沒，説不定現在仍能在那裏找到她。」

後來白奇偉真的有了**苗疆之行**，更為時三個月之久，到達了那保保人的家鄉，向那裏的保保人詢問各種事，但沒有人聽説過像陳大小姐這樣的一個人。

不過，當提及靈猴這種猴子，當地土人全都知道，白奇偉表示想去看一看，見識一下，帶他去的嚮導一傳譯，所有聽到的人都**哈哈大笑**，他們把白奇偉帶到了一座壁立千仞的峭壁前，指着峭壁告訴白奇偉：「像這樣的懸崖峭壁有好幾十座，翻過去才是靈猴聚居之處，沒有人可以接近他們，要不是這樣，靈猴和普通猴子有什麼分別？」

白奇偉當時就想過，可以利用**直升機**翻山越嶺，但他並沒有付諸實行，一來怕當時的直升機性能不夠好，難以應付山峰之間變化無端的**氣流**。二來他也不能肯定是不是真有靈猴存在，也不知道是哪一座峭壁，所以也不敢勞師動眾犯險了。

白奇偉無功而還後，又和我們見了一次面，我提出了一個疑問：「陳將軍臨終**託孤**，叫獨目天王帶着二小姐去找她姐姐，何以她們姐妹始終未曾見面？」

白素也感到**疑惑**，「爹那時已是鼎鼎大名的陽光土司，陳大小姐和他在一起的話，應該不難找到。」

白奇偉抓了抓腦袋，「後來二小姐嫁了姓韓的三堂主，獨目天王又到哪裏去了呢？事情真有點撲朔迷離。」

在這裏，我要把時間飛快地**揭**過去，敘述一件最近才發生的事——我和白素有別的事情，剛好要到苗疆去。

出發前，我十分感慨地說：「一直說要到苗疆去，說了那麼久，**終於要去了**，卻又不是為了我們自己的事。」

白素皺眉道：「我們這次要去的 **藍家峒**，和大哥當年去過的地方，相隔並不是太遠。」

我明白她的意思，苦笑了一下，「當年大哥去，什麼也找不到，現在又隔了許多年，自然更難找到什麼了。」

結果，我們這次苗疆之行，遇到一件極意外的事，就是發現了**女野人**紅綾。

而且，當地人傳說，女野人紅綾是由靈猴養大的。我們知道後，我不禁忽發奇想：「把女野人養大的靈猴，不知道和當年抬着陳大小姐滿山走的靈猴，有沒有聯繫，是不是 同 類 ？」

白素沒有回答，有點心神恍惚。

在發現了女野人紅綾之後，不知道是什麼原因，白素對紅綾有着異樣的 關 心 。

這些，都是不久之前發生的事，可以說是幾千塊碎片之中的 一 小塊 ，要拼成一幅完整的圖畫，是一小片也不能少的，所以也有必要記述出來。

而其中一片極重要的碎片，是來自一個大麻子的。

這個大麻子的出現，是一大**突破**，使我們知道了許多白老大當年在川西活動的事情，也知道了陳二小姐、三堂主的一些事，更重要的是，連獨目天王的下落，也有了可供追查的線索。

在《探險》中，有一段情節，是陳將軍把一個金販子叫到了偏廳，問**金$販$子**在金沙江遇見大小姐的經過。當時，和陳將軍一起在偏廳中，有五個哥老會的大爺。

後來，我們有幸見到其中之一，才知道了有關金販子的那一段**經歷**。

那位哥老會大爺，當時在內八堂之中，排名第七。在談話之後，我們曾請他去和白老大敘舊，他卻大驚失色，想起當年白老大獨闖總壇，連場**血戰**的情形，居然猶有

餘悸，自認見了白老大會害怕，不敢去見他，由此可知當年白老大何等神威。

　　就是這位袍哥大爺，有一天忽然聯絡我們，提及當年內八堂之中，居然還有一位健在人間，問我們可有興趣見見。

　　我們自然求之不得，表達出想見那位袍哥大爺的**熱忱**。於是，過了沒多少天，這位大麻子就親自來到我們家，他也不必介紹自己，單是那一口川音，和滿臉的**麻子**，我們已知道他是誰了。

　　因為我們都記得，白老大有一次酒後説往事，提到他在哥老會總壇受了重傷，他兵行險着，硬擋了一個大麻子的**三掌**，那大麻子講義氣，見白老大硬接了他三掌，就保着他離開。

那個大麻子，自然就是我們眼前這個大麻子了。

大麻子的個子並不高，可是十分結實，年紀應該很大了，但健康狀況十分好，那天是**大陰天**，我們開門的時候，眼看就要下大雨，有許多蜻蜓在飛來飛去，他見了我們之後，說了一句：「好多巴螂子。」

他說着順手一抓，攤開手來，就有一隻蜻蜓被他抓在手中。

而一聲「巴螂子」就說明了他是川西人，那裏的土語把蜻蜓叫作「**巴螂子**」。

我們寒暄了幾句，他指着白素，笑得極歡，大聲問：「老爺子好嗎？在不在家裏？」

第二十七章

驚心動魄的決鬥

　　我和白素連忙招呼大麻子進屋，白素對他說：「家父**身體**倒還好，只是不知道他在世界哪一個角落。」

　　白素所說的是實情，白老大在那一段日子裏，行蹤飄忽，只有他找我們，我們卻找不到他。大麻子一聽，略顯失望，隨即又上下打量着白素，笑道：「白老大真了不起，當年接了我三掌，居然能夠生下這麼 **標緻** 的女娃兒，真行！」

　　白素趁機抱怨：「當年前輩你那三掌也下得太重了些，把家父打成了重傷。」

　　這時我們已在廳中坐下來，我給大麻子倒了酒，他喝了一口酒，感慨地説：「當時好幾十隻眼睛望着我，我下手能輕嗎？他一個人連過六關，把我們的六大高手打得潰**不成軍**，出言又高傲之極，當時人人眼中都噴出火來。不過他也是伶俐人，看出自己難以敵眾，便用言語逼住了各人，要硬接我三掌，人人都盼他就死在這三掌之下，我少用半分力，他們也會開 **刑堂** 審我。」

　　白素低嘆了一聲，深明當時的處境。

　　「看出什麼名堂沒有？」大麻子突然向我攤開了手掌，我和白素看了大吃一驚，他的手掌又平又扁，掌心混雜着紅色和青藍色，我不禁失聲道：「這……不就是**紅沙掌**、**黑沙掌**雙練嗎？」

大麻子不亢不卑地說：「你倒真識貨。我這種掌法，陰陽互渚，陽中有陰，陰中有陽，在此之前，沒有人接得我三掌還可以 **生還** 的。當時，令尊若不是出言太狂，我敬惜他是一位人物，也不會答應他所請。」

當年白老大年少氣盛，想以一人之力壓倒群雄，當上哥老會的一步登天大龍頭，可是他太低估了哥老會的實力。雖然他能夠連傷六位高手，但是哥老會中人才濟濟，

再上來二三十個高手，和白老大**車輪戰**，就算個個打不過白老大，也絕對能把白老大累死。

白老大在連創六人之後，便意識到自己犯下了錯誤，心裏只想着有何方法能**全身而退**。

大麻子向我們敘述：「白老大連傷了六人之後，由於下手頗重，以武會友的氣氛已蕩然無存，大家都紅了眼，全拿起武器來。鐵頭娘子一雙**柳葉刀**，舞起兩團銀光，奔向白老大。她那一雙柳葉刀是出了名的，一出鞘，不見血不收，狠辣無比。她一出手，所有人就知道，今天的事決不能善了，可是接下來的變化，卻是人人都意料不到。」

他説到這裏，斜眼看着白素，「令尊真的沒對你説過？」

白素十分**誠懇**，「真的沒説過，請告訴我們當時發

生的事。」

　　大麻子便繼續敘述，讚歎白老大的身手真是出神入化，當時只見他非但不避，反倒向兩團耀目的**刀花**直迎上去。

　　剎那之間，刀光消失，在場的人，十之八九都難以相信自己的眼睛，因為在電光石火之間，白老大只用了**一隻手**，就抓住了鐵頭娘子的一雙手腕，使她無法舞起刀花來。

　　鐵頭娘子年紀不大，約莫三十歲，皮膚絕不粗糙，眉目姣好，身形**嬌小**。她的手腕也纖巧，要不然，白老大也不能憑一隻手，就抓住了她的雙腕。

　　鐵頭娘子在用力掙扎，一張俏臉白裏透紅，狼狽之至。

白老大長笑一聲，「瓜女，聽説你這一雙刀，出鞘必然**見血**，這次怕要破例了。」

白老大稱鐵頭娘子為「瓜女」，其實並無惡意，那是四川西部，對姑娘家親暱的稱呼，和北方話的「**丫頭**」相近。

但鐵頭娘子性格剛烈，白老大話一出口，她就「呸」了一聲，使盡全身的力揮刀相向。

白老大緊扣着她的脈門，令她血液運轉不順，一時之間發不出力來。然後白老大雙手齊出，在刀背上輕輕一撥，鐵頭娘子手中的雙刀，**交叉**劃向她自己的手臂，在她的雙臂之上，各劃出了一道口子，滲出了一點點的鮮血。

白老大後退一步，笑道：「已經見血，可以**還刀入鞘**了。」

　　鐵頭娘子呆在當場，這時大麻子已大踏步走向白老大，自己雙掌先互擊了 **三下**，一翻手，掌心向上，讓白老大看到他的掌心。

　　白老大喝采：「好，先讓人看清了這雙掌的掌力，光明磊落，**好漢子**。」

　　大麻子揚聲道：「你該知道我雙掌上的功夫，小心了。」

　　白老大一聽，哈哈大笑，「我說你是一條好漢子，並沒有說你掌力了得。」

大麻子臉色一沉，「現在由得你**吹牛**，待會兒跪地求饒也沒有用了。」

白老大又一聲長笑：「求饒？實話實說，你拚盡全力打我三掌，我白某人不避不讓，要是皺一下眉頭，也就算我栽了，任憑處置。」

大麻子極力沉住氣說：「就這樣送了命，替你不值。」

白老大昂首挺胸，「學藝不精，死而無怨。」

大麻子吸了一口氣，「好，要是你能接上我三掌，我保你離開，這裏的事，**一筆勾銷**。」

白老大談笑風生：「能得閣下保我離開，已足領盛情，日後，其他袍哥大爺要找我算帳，還是可以，不然，已吃了虧的，不是更吃虧了嗎？」

大麻子雙手捏着拳，五指緩緩伸出，指節骨發出「格格」聲響，伸了又捏拳，再伸開，一共三次，才説：「你把話説得太**滿**了，接掌。」

他一掌擊出，拍向白老大的胸腹之間。一般來説，那不是人體的要害，但是十分柔軟，痛楚亦特別*敏感*。

白老大把話説得太滿了，聲稱若是皺一下眉就算輸。大麻子也沒有想要他的命，只是給他極大的痛楚，逼他低頭認輸，好為兄弟們消消**氣**。

但見白老大果然不避不躲，微微抬着頭，一副傲然和毫不在乎的樣子。他的這種神情，雖然袍哥大爺們看得咬牙切齒，但是個個也心中暗自*佩服*。

白老大在這時，又犯了一個錯——在當時來说，可能只是一個絕不經意的**小動作**，可是陰差陽錯，造物弄人，到後來，卻演變成軒然大波。

他到底犯了什麼錯誤呢？在大麻子出掌之前，他要裝出若無其事，不把對方放在眼內，於是目光**顧盼**，而且他在中掌之後不能皺一下眉，所以更需要找個目光的焦點，把注意力轉移過去，以**忘記**身上的痛楚。

那時候，鐵頭娘子剛剛在眾目睽睽之下落敗，她也算是在江湖上有頭有臉的人物，可是卻被白老大當成小女孩一樣**戲耍**，一時間也接受不到現實，一直呆站在原地。

然而，她發現自己所受的傷一點也不重，雙臂上只留下了極淺的一道血痕，白老大顯然是手下留情了，以當時的情況，白老大絕對可以令她**雙臂齊斷**，但要劃出如此無關痛癢的血痕，甚至比削斷她的雙手更難上百倍。

鐵頭娘子將自己的**傷勢**與其他吃過白老大苦頭的袍哥大爺相比，簡直是天差地別。白老大只是用了最溫柔的方法，懲戒她「不見血，刀不還鞘」的**狂妄**，終止了和她的打鬥。

鐵頭娘子對白老大的**恨意**莫名地消失了，而這個時候，大麻子的第一掌正擊向白老大，所有人都看得屏住

了呼吸，氣氛十分緊張。但白老大的視線，卻偏偏投向了鐵頭娘子，兩人對上了眼神，鐵頭娘子竟感覺到白老大眼神之中充滿了關切，不禁心頭一震，心裏**小鹿**_亂_**撞**。

第二十八章

往返生死關

眼看大麻子的掌快要擊中白老大，鐵頭娘子緊張得連手中的柳葉雙刀也「嗆啷」一聲掉在地上，但這聲音只有她一個人聽到，並非聲音不夠響亮，而是有更響亮震耳的聲音，**蓋過**了雙刀落地之聲。

大麻子的一掌擊中白老大。

白老大算準了大麻子一掌擊在身上的時間，蓄定了氣，一鼓而發，可以見到白老大的胸腹突然鼓起，一掌擊來時，如同一根大鼓槌重重擊在一面**皮鼓**上，發出了「蓬」的一下巨響，震得所有人耳邊嗡嗡作響。

誰都看得出，大麻子那一掌出了全力，而白老大亦硬接了下來，不但身形紋絲不動，果然連**眉毛**也沒有皺一下。

就在那一刻，鐵頭娘子雙刀落地，心中一凜，想起了眼前這個對自己流露出如此**關切**神情的漢子，亦是令她處於這狼狽境地的敵人，剎那之間，百感交集，眼淚不由自主地奪眶而出，不知是恨白老大好，還是感激他好。

在鐵頭娘子看來，那時白老大和她的眼神接觸，是發自內心，**傳遞**着情感。可是事實上，卻並非那麼一回事。

白老大硬接了大麻子的一掌，在別人甚至大麻子看來，他都若無其事，但實際上，他感到劇痛無比，痛楚傳遍全身，猶如千百塊**紅炭**在體內爆開來一樣。剎那間，他眼前陣陣**發黑**，根本什麼也看不到。

　　而白老大在極度的痛苦中仍然能面帶笑容，那是一個秘密，大麻子一直不明白，直到見了我們，說完了往事，白素才把這個 **秘密** 告訴給大麻子。

　　原來白老大自小習武就認為，高手過招時，若挨了打或受了傷就現出 **痛苦** 的神情來，實在 **難看** 之極，有失風範。所以，他自小就苦練一項本領，使表情不受身體痛楚影響，愈是感到痛楚，愈是神色自若，面帶微笑。這也就是白老大敢 **誇下海口**，說「皺一下眉就算輸」的原因。

　　白老大看來若無其事接了一掌，眼前發黑只有他自己一個人知道，別人看不出來。白老大心中也在暗暗 **叫苦**，未曾料到大麻子的掌力竟然這樣厲害。

　　平常人在這種情形下或許會退縮，但白老大雖然眼前發黑，什麼也看不到，卻依然努力展現出一個十分暢快的

笑容，更緩緩點着頭說：「好。」

此情此景，確實令人發呆。最吃驚的，自然是大麻子，他怔了一怔，悶哼了一聲，便翻手擊出 第二掌 ，直打向白老大的右胸。

　　白老大在這時，總算勉強可以看到眼前的情景了，看到大麻子的手掌向自己的右胸拍來，立刻屏住了氣，臉上仍然帶着笑容，「叭」地一聲，又硬接了下來，發出的巨響和剛才第一掌不同，有如兩塊 鐵板 相擊。

　　大麻子抽掌後退，白老大依然紋絲不動，同樣面帶笑容。

　　可是人人都知道，中了大麻子的兩掌，若不受傷，實在是不可能的事，所以一時之間，全場寂靜無聲，只有一個角落處，傳來了一下女人的 驚呼聲 。

　　大麻子說到這裏，望向白素，「令尊那時候，表面上看來談笑自若，但是我和他面對面站得很近，可以注意到他眼神 渙散 ，同時，臉上的肌肉也有點控制不住，笑容顯得十分 輕佻 ，我知道這是受了內傷的表現。可是他當真視生死如無物，這樣不怕死的漢子，我一生闖蕩江

湖，見到的不超過三個。」

白素聽得緊張，連聲音也有點變：「麻大叔，你明知他受了內傷，這第三掌——」

大麻子吸了一口氣：「我豈是乘人之危的人，可是 **令尊** 他⋯⋯唉⋯⋯」

大麻子看出白老大受了內傷，敬重他是一條好漢，心軟想找個藉口放他走，便說：「能接下我麻子兩掌的，已是 **罕見**

的高手，這第三掌可是生死攸關，我不會乘人之危，你先回去，見了想見的人，圓了未圓之事，才擇日回來接我這第三掌吧。」

白老大自然聽出大麻子是**好意**放他走，但他心裏亦明白，這樣離去，一定有很多人**不服**。他別過臉，不讓大麻子看清

自己的神情狀況，正思考着如何是好之際，恰好又面對着鐵頭娘子。

鐵頭娘子心亂如麻，以為白老大一直望向她是對她有**情意**，尤其大麻子叫白老大先去見想見的人，而白老大此刻卻轉過頭來望着她。但她不知道，白老大只是因為傷得太重，**視力模糊**👁，不想

讓人看出異樣，才別過頭，保持笑容，望着一旁，剛好望住了鐵頭娘子而已。

鐵頭娘子已按捺不住對白老大的擔心之情，衝口而出喊了一句：「等等！」

怎料大家都以為她是不肯罷休，反對大麻子放走白老大，而白老大亦微笑道：「講好了是三掌的，怎可以兩掌就算，**來吧！**」

此時大麻子也騎虎難下了，只好依照約定，打出第三掌。

如果同一個部位連吃大麻子兩掌，後果將不堪設想，所以，儘管大麻子無意取白老大的性命，這第三掌也只好攻向其左胸——**心臟** 所在的重要部位。

白老大知道自己生死存亡的大關到了，一提氣，把全身的力量一起聚到了左胸。

又是「叭」的一聲，大麻子一掌擊中後，怕白老大摔倒會壞了他的英雄形象，所以立時伸手準備去扶他。

但白老大雖然天旋地轉，仍勉力支撐住身體，雙手抱拳，身子轉動，作了一個 *四方揖*，朗聲道：「後會有期，白某人暫且告辭了。」

他也根本沒有注意到，他身子轉了一個圈之後，又恰好面對着鐵頭娘子，說了「後會有期」。

這時，袍哥大爺之中，有幾個還想把白老大攔下來，可是他們還沒有行動，大麻子已經喝道：「他下江漢子尚且 **言出** **如山**，我們能説了不算嗎？」

他一面叫着，一面傍着白老大，大踏步走了出去。

白老大憑着意志一步又一步向前走着，而大麻子一直跟在他的後面。

敘述到這裏，大麻子 **沉醉** 於往事之中，嘆了一聲：「白老大真是了得，我算着他下一步必然會跌倒了，那我就立刻出手去救他。可是他硬是不倒，一步一步向前走着，竟然給他走出了兩里多，到了 **江邊**。」

我和白素互望了一眼，知道大麻子的敘述，已到了 **緊要關頭**。

大麻子繼續説：「到了江邊，他挺立着，望着滔滔的

江水，也不知道他在想什麼，我看了他一會，才發現江邊另有一個人在。那是一個**女子**，站在江邊注視江水，披着一件紫色的斗篷，一頭青絲給江風吹了起來，如同水中仙子一樣。那女子半轉過臉來，美麗得令人一見傾心，而這位美人兒我是見過的，她正是**陳將軍**的**大女兒**，我在大帥府中見過兩次。」

大麻子講到這裏，白素伸過手來，緊握住了我的手，她手心很冷，十分緊張，因為我們一直猜測，這個陳大小姐很可能就是白素的母親。

大麻子說到他認出了在江邊的陳大小姐時，又向白素望了半晌。

我不禁心中一動，問道：「麻大叔，你看她和陳大小姐，是不是有點**相似**之處？」

　　只見大麻子吸了一口氣，一字一頓，十分肯定地回答：「論容貌，相似只有三四分，可是論氣韻神態，卻活脫像是大小姐，嗯，**令堂**好嗎？」

第二十九章
美女救英雄

　　聽到大麻子直接稱陳大小姐為「令堂」，白素的身體不由自主地震動了起來，我也僵住了說不出話。

　　因為大麻子的話，說明了陳大小姐就是白素的母親。

　　在容貌上，白素和父親相當接近，但是她秀麗部分，必然來自她的**母親**。

　　一下子弄明白自己的親生母親是什麼人，白素自然十分激動，大麻子畢竟是老江湖，看出了事有蹺蹊，便住口不再問。

　　我連忙説：「麻大叔，這其中有許多**曲折**，我們正要一一請教，請你先往下説。」

　　大麻子倒也爽快，不再多問，繼續敘述：「大小姐看到了令尊，怔了一怔，而令尊傷勢突然發作，噴出了一大口**鮮血**來，身子向前一俯，一頭栽進了江中。我立時躍向前，一把沒將他抓住，倒是大小姐出手更快，抓住了白老大背後的衣服，提起他上半身來。」

　　白老大是多麼強壯的一條大漢，一個 弱質纖纖 的女子竟然毫不費力就把他抓了起來，大麻子一下就看出大小姐身懷上乘武功，不禁呆了一呆。

　　大小姐提起了白老大，白老大還在一口一口噴血，大小姐便轉頭望向大麻子，皺眉道：「麻叔，一看就知道是被你的掌**打傷**的，還不拿你的獨門掌傷藥來。」

　　大麻子猶豫了一下，因為他那獨門掌傷藥，專治傷在他陰陽雙練掌之下的傷勢，十分 **珍罕** 。雖然他本身就有意給白老大用，可是大小姐説話不太客氣，他又有點不願意了。

　　大小姐見他不願意，就笑了起來，「麻叔，算是我問你 *討* 點，你也不捨得？」

　　大小姐明麗照人、身分尊貴，大麻子自然難以拒絕，哈哈一笑，伸手就把一隻小 竹 筒給了大小姐。

　　大小姐伸手接住，嫣然一笑，吹響了一聲口哨，立時就有兩匹健馬飛快地奔了過來。

　　大麻子看出大小姐有意把白老大扶上馬背去，正想過去幫她一下，怎料大小姐伸手輕輕一托，已把白老大托上了馬背，她自己也翻身上了另一匹馬，一抖韁繩，一聲「麻叔再見」，就 **絕塵而去**。

　　敘述到這裏，我不禁問了一個問題：「你贈藥時，白老大知不知道？」

　　大麻子想了一想：「他那時仍在咯血，我看他神智不清，不可能知道發生了什麼事。」

　　我點了點頭，怪不得白老大好像 **不知道** 大麻子贈藥一事，只當是陳大小姐救了他一命。

　　大麻子又補充：「我知道有了我的藥，白老大十天之內必能痊癒，倒也放心，就沒有再跟下去。聽說，他和大小姐並彎入苗疆，見過他們的人，無不 **稱讚** 他們是天造地設的一對。」

　　我和白素都點點頭，「是有人那麼說。」

　　大麻子試探地問：「他們是在苗疆 **成親** 的嗎？大小姐可還健在？」

　　我和白素互望了一眼，都覺得大麻子久歷江湖，人生閱歷豐富，不如把一切情形向他和盤托出，聽聽他的意見。

　　雖然事情和白老大的隱私有關，但我們相信就算説了，大麻子也會恪守 江湖道義 ，不會到處散播。

　　於是我和白素便把事情詳細地説了一遍，大麻子聽了後，先替我們解答其中一個疑問，他説：「二小姐嫁的那個 三堂主 ，並不在園，不是哥兄哥弟。」

　　他的意思是，這個三堂主並非哥老會的正式會員。我和白素大感奇怪，他進一步解釋：「韓三是富家子弟，家財萬貫。他喜好結交江湖人物，可是又不願入幫會受 拘 束 ，竟自稱三堂主。當時也有人説不可以這樣，可是他花錢如流水，而且陪着眾弟兄一起玩，倒是真心誠意，也就這樣叫下來了。」

　　我和白素聽了之後，不禁啞然失笑。我們曾多方打聽韓三堂主的來歷，可是並無所獲。原來他根本就不是哥老

會的人，自稱「三堂主」，只不過是 $富家$子弟 鬧着好玩。

　　大麻子又補充：「韓三怎麼會娶了二小姐，我也不太清楚，只知那個獨目天王，在韓府也住了一陣子，陳大帥託孤給他，他就要為二小姐找一個 好 歸 宿 。而韓三這個人確實很不錯，誰想到這樣命短。」

　　我連忙問：「這個傈傈異人，是大小姐的 師父，後來不知如何了？」

　　大麻子聳了聳肩：「他不帶二小姐到苗疆找大小姐的

原因，我想多半是由於他 不敢見 大小姐。」

　　「為什麼？」我和白素訝異地問。

大麻子長嘆一聲，「你們想想，他既然暗戀着大小姐，又知道自己萬萬沒有成功的希望，那就不如不見了。這暗戀的**滋味**，我倒也嘗過的。」

大麻子一臉身同感受的樣子，我不禁**打趣**問：「麻爺暗戀過誰？」

大麻子喝了一口酒，「這是許多年前的事了，她不知道有沒有見着白老大？」

一心以為這是大麻子的事，沒想到竟然又和白老大有關，我和白素連忙細心地聽。

大麻子搓着自己的臉，緩緩地說：「鐵頭娘子一入總壇，全壇上下，沒有娶妻的，無不想把她**據為己有**，

連我一臉一頭大麻子，也不甘後人。」

　　大麻子一面喝着酒，神情不勝唏噓：「可是鐵頭娘子誰都不理，而且性格**潑辣**，好幾個在堂口中有頭有臉的大爺，忍不住用言語輕薄她，不知捱了她多少個巴掌，可是又能拿她怎樣？他們自知先錯在自己，再說，她打了你之後，雙手叉着腰，似笑非笑地望着你，指着自己的笑臉，讓你打回去，但哪有男人**下得了手**？」

　　大麻子説着還在自己的臉上摸了一下，像是他昔日也曾捱過鐵頭娘子的巴掌一樣。

　　我和白素很想笑，卻極力強忍着。

　　他也看出了我和白素的神情有點古怪，腆顏笑了一下，「不怕兩位見笑，我這張麻臉，就曾嘗了不少掌，老大的巴掌打上來，連聲音都是好聽👂的。」

　　看他説得如此真誠，我和白素也不想笑了，齊聲道：「情愛之事，本屬人之常情，沒有人會笑你。」

　　大麻子長嘆了一聲，「我還不算什麼，在我們這票人之中，最迷戀鐵頭娘子的，要算大滿了。」

第三十章

鐵頭娘子

我們知道「大滿」並不是人名，而是哥老會中稱排名第九，九爺的隱語。大麻子搖頭慨嘆：「那天晚上，我們幾個兄弟一起喝酒聊天，大滿老九喝多了，發表起**偉論**

來，説得好像很了解鐵頭娘子一樣，他每説一句，我們就**喝一聲彩**。」

「他説了什麼？」我禁不住好奇。

「他説他看透了鐵頭娘子是個 ✧慕強✧ 的人，喜歡強勢的男人。」

我聽了，不禁笑了笑，心裏在想：「就像現在的女人喜歡看『**霸道總裁**』類型的故事。」

大麻子繼續説：「大滿講得頭頭是道，滿口理論，

説什麼毋須表白，只要夠強，鐵頭娘子自然會 **傾心**。我們都聽得前仰後合，當作笑話來聽。大滿有點不忿，在眾人推波助瀾下，竟藉着酒意壯膽，當下就要去找鐵頭娘子證明給我們看，我們自然一起去看熱鬧。找到鐵頭娘子後，大滿果然夠強勢，用近乎 **命令** 的語氣叫她來跟我們一起喝酒。」

　　白素才真正了解女人，聽到這裏，不禁皺眉道：「不是説鐵頭娘子性格剛烈麼？」

　　大麻子嘆了一聲，「誰説不是？鐵頭娘子一聽就 **光火**，毫不留情地斥罵大滿，並叫他滾。而我們就在一旁偷笑着。」

　　白素搖着頭，「你們這樣簡直是 **推他去送死**。」

　　大麻子又重重地嘆了一聲，好像事情發展真的十分嚴重，他繼續敘述那時的情況：大滿被拒絕後，漲紅了臉，

覺得十分丟臉，竟伸手就去拉鐵頭娘子的手，説帶她到湖邊散步**賞月**。

鐵頭娘子反應快，閃避開了之後，迅即拔出她的柳葉雙刀，喝罵道：「你這個**神經病**！竟敢眾目睽睽之下對我動手動腳？」

大伙兒知道，事情一開始是嬉戲，但發展到了這地步，已經變成來真的了，所以各人的**酒意**，也去了幾分，連忙上前勸解，急急拉着大滿走。

但大滿低聲對我們説：「看，不徹底**擊敗**她一次，她不會全心傾慕。」

眾人還來不及勸止，大滿已經隨手撿起了一把大刀，向鐵頭娘子挑戰道：「來吧，輸了就要聽對方的。」

鐵頭娘子不置可否，只是充滿自信地笑了一笑，便掄起**雙刀**，向大滿攻去。大滿也立刻舞起大刀迎戰。

鐵頭娘子出刀之快，如光似電，喝醉了的大滿又哪裏是她的對手，接了沒多少招就已經一敗塗地，連大刀也被打掉在地上。

　　説好了落敗要聽對方的話，鐵頭娘子也毫不客氣，指着他喝道：「**滾！**給我有多遠滾多遠！」

　　大伙兒連忙帶着大滿離開，也不嘲笑刺激他了，沿路一直安慰勸解，但愈是安慰，他心裏愈是**不甘**。

　　大滿是富家子弟出身，人也長得玉樹臨風，從不愁沒女孩子喜歡。可是他偏偏鍾情於鐵頭娘子，那天晚上他也喝得真醉，一心就是要得到鐵頭娘子的芳心，決不服輸，一廂情願道：「你們沒聽到她的**暗示**嗎？」

　　「什麼暗示？」大伙兒問。

　　「她罵我眾目睽睽下對她動手動腳。」

　　「那暗示了什麼？」

　　「廢話，這不就暗示，要在**獨處**的時候才能接受我嗎？都是你們不好，這次你們別跟來！」大滿説完又跑回去找鐵頭娘子了。

看到大滿胡思亂想，眾人哪裏放心，擔心他會出事，連忙跟去看看。

只見鐵頭娘子這時正 **獨個兒** 在湖邊溜達，大滿悄悄地跟蹤着，然後看準了一個機會，便豪邁地走上前，從後抱住她。

眾人還來不及阻止，大滿已闖出了大禍，鐵頭娘子聞聲以為有人 **偷襲**，立即拔刀轉身。只見柳葉刀一揮，一

道**白虹**伴着血光迸發，把大滿的一隻手砍了下來。

　　一時之間，所有人都感到十分震驚，包括鐵頭娘子也很驚訝，她是出於自然反應去自衛，卻沒想到原來又是喝到醉醺醺的大滿。

　　鐵頭娘子慌忙丟下了刀，用力把自己的上衣扯下了一大半來，撕成布條，極快地為大滿包紮斷手。

　　這時大滿才終於清醒過來，**慘笑**了一聲，一腳把地上的斷手踢去，朗聲道：「今天是我不自量力，不知好歹，與任何人無關。」

　　自此以後，沒有人再敢打鐵頭娘子的主意，大家都覺得她對大滿太狠，不過大滿卻沒有怪她，知道錯在自己。

　　大麻子說到這裏，嘆了一聲：「這事發生之後，老九若無其事，鐵頭娘子對他仍然不假辭色，所以我們人人都死了心，以為她這一輩子也不要男人了，誰知道老九說

得沒錯，她只是 **心頭高**，見了比自己強許多的人，就動情了。」

我和白素聽到這裏，互望了一眼，心裏有着同一個 **預感**，然後一起望向大麻子，戰戰兢兢地問：「你說那個比鐵頭娘子強許多的人，不會就是⋯⋯」

大麻子點點頭說：「當日白老大一出總壇，我就跟在他的後面，卻沒料到，我後面還有人跟來。到了江邊，我目送陳大小姐和白老大離去之後，聽見身後有一陣 **嗚咽聲** 傳來，回頭一看，原來是鐵頭娘子傍着一塊大石，失神落魄地站着。」

大麻子乍見鐵頭娘子也在江邊，大是詫異，走過去問：「你怎麼也來了？」

只見鐵頭娘子並沒有望向大麻子，**視線 👁** 一直離不開白老大與大小姐離去的方向。

　　平日那麼潑辣能幹的鐵頭娘子，此時神情茫然，六神無主，眼中**淚花亂轉**。大麻子緊張地安慰她：「鐵妹子，怎麼了？」

　　沒想到鐵頭娘子竟「哇」地一聲哭了出來：「我該怎麼辦？」

　　她**淚如泉湧**，失魂落魄。大麻子當機立斷，大力地搖了她幾下，希望把她搖醒，使她冷靜。

　　「光哭有什麼用，到底發生了什麼事？」大麻子對她當頭棒喝。

　　鐵頭娘子一面 **抽噎**，一面説：「你們也全看見了，
還來問我。」

　　鐵頭娘子忽然冒出了這樣的一句話來，大麻子聽得一
頭霧水，摸不着頭腦。

　　鐵頭娘子仍抽噎着，「他一直在向我 **使眼色**……
你讓他去見想見的人時，他一直望着我……直到臨走，他
還用眼角問我是不是肯跟他走……誰知道到了這裏，出了
這樣的事……」

　　大麻子立時呆住了，把剛才在總壇發生的事迅速想了一遍，胸口如被尖錐刺了一下一樣，失聲叫了起來。

　　他心中明白，**鐵頭娘子** *誤* 會了。

　　鐵頭娘子以為白老大手下留情，是因為對她有意。她又以為白老大望着她，是和她眉目傳情。但大麻子很清楚自己的掌力，白老大在那樣的掌傷之下，決無可能去和別人 **調 情**。實際上，白老大當時已經眼前發黑，金星亂迸，什麼也看不見，而鐵頭娘子竟以為白老大在向她表達愛意。

　　這種誤會，任何人聽到了都會忍不住哈哈大笑，但我不是也曾經 *誤* 會了白素的眼神，而拒絕了韓夫人的請求嗎？

　　我和白素沒有笑，只感到十分震驚，沒想到鐵頭娘子竟對白老大動了心。而且我們隱隱感覺到，這個誤會接下去還會有 **更驚人的發展**。（待續）

得寸進尺

白素十分高興，**得寸進尺**，「來，再多寫幾個。」

意思：得到一些利益，即想進而獲得更多利益，比喻貪得無厭。

隨心所欲

白素點了點頭，「許多字，只要是她認識的，她都可以**隨心所欲**，用她自己的方法寫出來，可是她最不願意寫字。」

意思：完全順隨自己的心意去做事。

仁至義盡

我認為把紅綾交託給十二天官是最好的辦法，而白素對紅綾的照顧也已經**仁至義盡**了。

意思：原指祭祀有功於農事諸神，極盡仁義之道。後用以指盡最大的努力，以關懷照顧他人。

旁敲側擊

白老大要任意而為時，也會有這種天塌下來都不動搖的神情，而且，我也想藉**旁敲側擊**的辦法，弄明白為什麼白素居然會有話不能痛快地對我說。

意思：寫文章或說話不從正面直接說明，而從旁比喻或暗示來表達。

衛斯理系列 少年版 21

繼續探險 上

作　　　　者：衛斯理（倪匡）

文 字 整 理：耿啟文

繪　　　　畫：鄺志德

責 任 編 輯：陳珈悠　朱寶儀

封 面 及 美 術 設 計：BeHi The Scene

出　　　　版：明窗出版社

發　　　　行：明報出版社有限公司

　　　　　　　香港柴灣嘉業街 18 號

　　　　　　　明報工業中心 A 座 15 樓

電　　　　話：2595 3215

傳　　　　真：2898 2646

網　　　　址：http://books.mingpao.com/

電 子 郵 箱：mpp@mingpao.com

版　　　　次：二〇二一年十二月初版

I S B N：978-988-8688-12-8

承　　　　印：美雅印刷製本有限公司